我（ㄨㄛˇ）媽（ㄇㄚ）媽（ㄇㄚ）！

世界上
最棒的媽媽

世界上最棒的媽媽

文 / 派翠西亞·查普曼
圖 / 凱特·查普曼
譯者/ 蘇懿禎

我媽媽是世界上最棒的媽媽，
因為……

她喜歡我叫她起床。

我ˇ媽ㄇ媽ㄇ是ˋ世ˋ界ㄐ上ˋ最ˋ棒ㄅ的ㄉ媽ㄇ媽ㄇ，
因ㄣ為ㄨ……

她ㄊ會ㄏ幫ㄅ我ˇ選ㄒ最ˋ好ㄏ看ㄎ的ㄉ裝ㄓ扮ㄅ。

我ㄨㄛˇ媽ㄇㄚ媽ㄇㄚˊ是ㄕˋ世ㄕˋ界ㄐㄧㄝˋ上ㄕㄤˋ最ㄗㄨㄟˋ棒ㄅㄤˋ的ㄉㄜ˙媽ㄇㄚ媽ㄇㄚˊ，
因ㄧㄣ為ㄨㄟˋ……

她讓我幫她綁頭髮。

我ㄨㄛˇ媽ㄇㄚ媽ㄇㄚˊ是ㄕˋ世ㄕˋ界ㄐㄧㄝˋ上ㄕㄤˋ最ㄗㄨㄟˋ棒ㄅㄤˋ的ㄉㄜ˙媽ㄇㄚ媽ㄇㄚˊ，
因ㄧㄣ為ㄨㄟˊ……

她會帶我去好玩的遊樂場。

我媽媽是世界上最棒的媽媽，
因為……

她真的很喜歡我的料理。

我媽媽是世界上最棒的媽媽，
因為……

她_{ㄊㄚ} 愛_{ㄞˋ} 玩_{ㄨㄢˊ} 躲_{ㄉㄨㄛˇ} 貓_{ㄇㄠ} 貓_{ㄇㄠ} 。

我ㄨㄛˇ媽ㄇㄚ媽ㄇㄚ是ㄕˋ世ㄕˋ界ㄐㄧㄝˋ上ㄕㄤˋ最ㄗㄨㄟˋ棒ㄅㄤˋ的ㄉㄜ媽ㄇㄚ媽ㄇㄚ，
因ㄧㄣ為ㄨㄟˋ……

她什麼都會開。

我媽媽是世界上最棒的媽媽，
因為……

她ㄊㄚ帶ㄉㄞˋ給ㄍㄟˇ大ㄉㄚˋ家ㄐㄧㄚ歡ㄏㄨㄢ笑ㄒㄧㄠˋ。

我ㄨㄛˇ媽ㄇㄚ媽ㄇㄚ是ㄕˋ世ㄕˋ界ㄐㄧㄝˋ上ㄕㄤˋ最ㄗㄨㄟˋ棒ㄅㄤˋ的ㄉㄜ˙媽ㄇㄚ媽ㄇㄚ，因ㄧㄣ為ㄨㄟˋ……

她喜歡我嘗試新食物。

我ㄨㄛˇ媽ㄇㄚ媽ㄇㄚ是ㄕˋ世ㄕˋ界ㄐㄧㄝˋ上ㄕㄤˋ最ㄗㄨㄟˋ棒ㄅㄤˋ的ㄉㄜ媽ㄇㄚ媽ㄇㄚ，
因ㄧㄣ為ㄨㄟˋ……

她ㄊㄚ真ㄓㄣ的ㄉㄜ很ㄏㄣˇ勇ㄩㄥˇ敢ㄍㄢˇ。

我媽媽是世界上最棒的媽媽，
因為……

她會讓痛痛飛走。

我媽媽是世界上最棒的媽媽，
因為……

就算我的手髒兮兮，她也愛我。

我ㄨㄛˇ媽ㄇㄚ媽ㄇㄚ是ㄕˋ世ㄕˋ界ㄐㄧㄝˋ上ㄕㄤˋ最ㄗㄨㄟˋ棒ㄅㄤˋ的ㄉㄜ˙媽ㄇㄚ媽ㄇㄚ，
因ㄧㄣ為ㄨㄟˋ……

她真的很強壯。

我媽媽是世界上最棒的媽媽，
因為……

她總是能找到我的小毯毯。

我媽媽是全·世·界·最棒的媽媽。

還有......

文／派翠西亞·查普曼 Patricia Chapman ｜ 圖／凱特·查普曼 Cat Chapman ｜ 譯者／蘇懿禎 ｜ 副主編／胡琇雅 ｜ 美術編輯／吳詩婷 ｜ 董事長／趙政岷 ｜ 編輯總監／梁芳春 ｜ 出版者／時報文化出版企業股份有限公司　108019台北市和平西路三段240號七樓 ｜ 發行專線／（02）2306-6842 ｜ 讀者服務專線／0800-231-705、（02）2304-7103 ｜ 讀者服務傳真／（02）2304-6858 ｜ 郵撥／1934-4724時報文化出版公司 ｜ 信箱／10899臺北華江橋郵局第99信箱　統一編號／01405937 ｜ copyright © 2017 by China Times Publishing Company ｜ 時報悅讀網／www.readingtimes.com.tw ｜ 電子郵件信箱／ctliving@readingtimes.com.tw ｜ 法律顧問／理律法律事務所陳長文律師、李念祖律師 ｜ Printed in Taiwan ｜ 初版一刷／2017年8月 ｜ 初版三刷／2021年3月 ｜ 採環保大豆油墨印製 ｜ 版權所有翻印必究（若有破損，請寄回更換） ｜ 時報文化出版公司成立於一九七五年，並於一九九九年股票上櫃公開發行，於二〇〇八年脫離中時集團非屬旺中，以「尊重智慧與創意的文化事業」為信念。